curio?idad por

LA EXPLORACIÓN DE CUEVAS

POR RACHEL GRACK

AMICUS LEARNING

¿Qué te causa

curiosidad?

3 CAPÍTULO TRES

¡Ve a explorar!

PÁGINA

18

Curiosidad por es una publicación de Amicus
P.O. Box 227, Mankato, MN 56002
www.amicuspublishing.us

Editora: Alissa Thielges
Diseñadora de la serie: Kathleen Petelinsek
Diseñadora de libro: Aubrey Harper

Información del catálogo de publicaciones
Names: Koestler-Grack, Rachel A., 1973- author.
Title: Curiosidad por la exploración de cuevas / Rachel Grack.
Other titles: Curious about caving. Spanish
Description: Mankato, MN: Amicus Learning, 2024. | Series: Curiosidad por las actividades al aire libre | Includes index. | Audience: Ages 5–9 | Audience: Grades 2–3 | Summary: "Spanish questions and answers give kids the fundamentals of caving, including what to wear and different caves to explore. Includes infographics to support visual learning and back matter to support research skills, plus a glossary and index. Translated into North American Spanish"—Provided by publisher.
Identifiers: LCCN 2023018646 (print) | LCCN 2023018647 (ebook) | ISBN 9781645497936 (library binding) | ISBN 9781645498476 (paperback) | ISBN 9781645498018 (pdf)
Subjects: LCSH: Caving—Juvenile literature. | Caves—Juvenile literature.
Classification: LCC GV200.62 .K6417 2024 (print) | LCC GV200.62 (ebook) | DDC 796.52/5—dc23/eng/20230503
LC record available at https://lccn.loc.gov/2023018646
LC ebook record available at https://lccn.loc.gov/2023018647

Photo credits: Getty/Roberto Moiola/Sysaworld, cover, 1; iStock/Adventure_Photo, 14–15, Akiromaru, 4–5, alexxl66, 17, claylib, 17, CreativeFire, 17, goinyk, 13, imagoDens, 13, inusuke, 13, k5hu, 6–7, Lebazele, 17, PetrMalyshev, 17, RG-vc, 17, simonkr, 8, SolStock, 17, 20–21, stockstudioX, 10–11, 12, timsa, 17, volgariver, 13; Shutterstock/MasterPhoto, 9, Misbachul Munir, 19, New Africa, 17; Wikimedia Commons/Lencer, 18

Impreso en China

CAPÍTULO UNO 1

¿Qué es la exploración de cuevas?

Es explorar cuevas y **cavernas** subterráneas. Es como ir en una aventura. Cada cueva encierra un mundo escondido. Puedes descubrir qué hay adentro. Busca animales e insectos. Cruza arroyos y pasa debajo de cascadas. Gatea por túneles lodosos. Trepa por muros rocosos. ¡Solo explora!

La exploración de cuevas es conocida como un deporte extremo.

¿SABÍAS?

Algunas personas llaman a la exploración de cuevas "potholing" o "spelunking". Potholing es, principalmente, explorar cuevas profundas con muros empinados. Spelunking se usa para describir a exploradores de cuevas sin entrenamiento.

¿Es peligrosa la exploración de cuevas?

Puede ser. Podrías perderte o lastimarte. Nunca entres solo a una cueva. Lo más seguro es ir en un pequeño grupo de cuatro a seis exploradores. Los principiantes deben visitar primero una cueva turística. Esas tienen visitas guiadas. Esta es la mejor manera de mantenerse seguro. El equipo y las habilidades correctos también te librarán de problemas.

Una entrada pequeña puede hacer peligrosa la exploración de cuevas.

¿Por qué explorar cuevas?

Las cuevas pueden tener formaciones rocosas extrañas y únicas.

A la mayoría de los exploradores de cuevas les parece divertido. Otros estudian cómo se forman las rocas y los **minerales**. Las cuevas tienen muchas estalactitas y estalagmitas. Algunos exploradores investigan la vida animal. Estudian los murciélagos, peces y lagartos que viven en las cuevas. ¡Algún día podrías convertirte en **espeleólogo**!

¿SABÍAS?
Las formaciones rocosas pueden tardar miles de años en formarse.

¿Puedo ir a explorar cuevas cuando sea?

Los exploradores usan chaquetas pesadas en esta cueva de hielo.

¿SABÍAS?

Los turistas usualmente visitar cuevas turísticas. Los exploradores de cuevas con entrenamiento exploran cuevas salvajes. ¡Algunas cuevas aún no han sido exploradas!

¡Casi! La mayoría de las cuevas son subterráneas. La **temperatura** básicamente se mantiene igual todo el año. Algunas cuevas son frías y húmedas. Otras son cálidas y secas. Asegúrate de vestirte apropiadamente. Las lluvias fuertes pueden inundar las cuevas. Es mejor ir a explorar cuevas cuando hay clima seco.

¿Dónde encuentro cuevas?

Las cuevas glaciares son comunes en el norte.

En Norteamérica hay miles de cuevas. Es probable que una de ellas te quede cerca. Primero, haz un recorrido **público** guiado. Descubre si te gustan las cuevas. A algunas personas no les gustan los espacios estrechos. Además, la mayoría de las cuevas están muy oscuras.

CUEVAS KÁRSTICAS:
HECHAS POR EL
AGUA SUBTERRÁNEA

CUEVAS VOLCÁNICAS:
TUBOS HUECOS
HECHOS POR EL
FLUJO DE LAVA

CUEVAS MARINAS:
A LO LARGO
DE COSTAS O BAJO EL AGUA

CUEVAS GLACIARES:
EN GLACIARES
(ROCA Y HIELO)

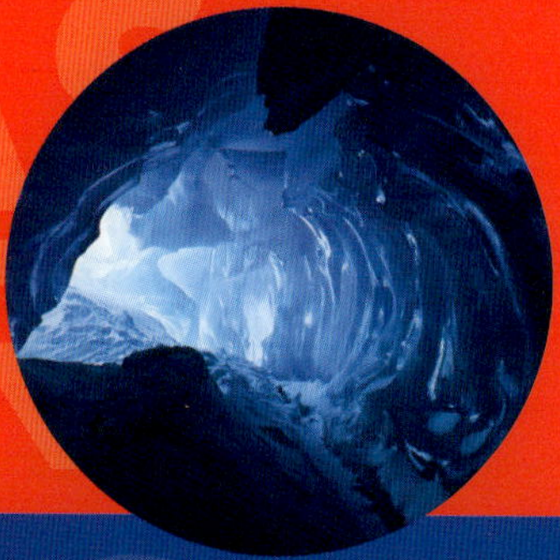

CUEVAS EÓLICAS:
COMÚNMENTE EN
LOS DESIERTOS,
HECHAS POR EL VIENTO

¿Necesito una linterna de mano?

Una linterna de cabeza alumbra hacia donde mires.

PREPÁRATE

Sí. Lleva una en la mochila. Los exploradores de cuevas también llevan cascos con una linterna de cabeza. Esto te permite tener las manos libres. Tal vez necesites agarrarte a una pared o gatear sobre tus manos y rodillas. El casco también te protege la cabeza si te golpeas. Siempre lleva lámparas y baterías extra.

¿SABÍAS?

Las mochilas para explorar cuevas son pequeñas, impermeables y resistentes. Los primeros exploradores de cuevas usaban mochilas militares.

¿Cómo debo vestir?

Depende de la cueva. Comienza con una **capa básica** ligera pero caliente. La mayoría de los exploradores de cuevas usan **overoles de manga larga** o trajes para la exploración de cuevas. Podría estar resbaloso. Lleva puestas botas de senderismo o botas de goma con buena **tracción**. Lleva guantes de trabajo. Las rocas pueden estar filosas y sucias. Además, tal vez quieras rodilleras para gatear.

Un grupo usa trajes de neopreno y chalecos salvavidas mientras explora cuevas costeras.

¿QUÉ DEBE EMPACAR UN EXPLORADOR DE CUEVAS?

Comida y agua

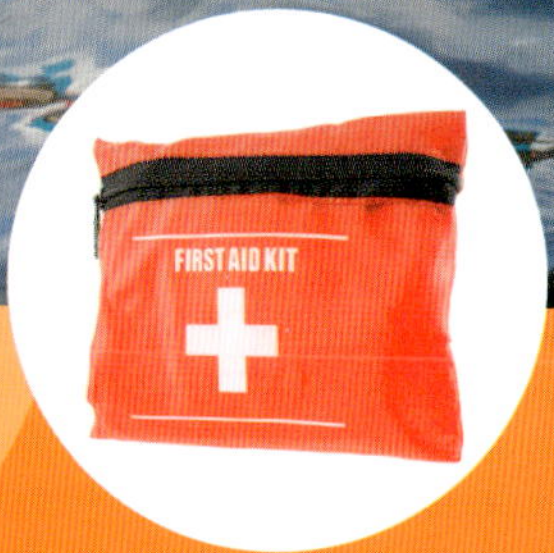

Botiquín de primeros auxilios

Brújula y mapa de la cueva

Linterna de mano, linternas de cabeza y baterías de repuesto

Vela de larga duración y fósforos (para emergencias)

CAPÍTULO TRES

¿Hacia qué lado debo ir?

Elige el camino más seguro. No brinques por encima de una **grieta**. Podrías caer y lastimarte. La mayoría de las cuevas tienen un mapa. Asegúrate de seguirlo, aunque si toma más tiempo. Los recorridos para principiantes duran entre una y tres horas. Nunca dejes a alguien solo. Siempre mantente cerca de un compañero.

SÍMBOLOS EN LOS MAPAS DE CUEVAS

Sala central de Penn's Cave, Pennsylvania

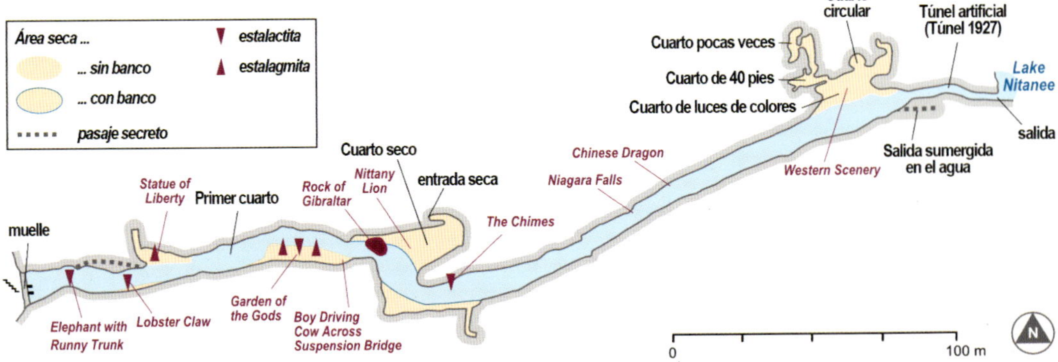

Los senderos de las cuevas pueden ser anchos y lisos o estrechos y rocosos.

¿Cómo conozco a otros exploradores de cuevas?

Los exploradores de cuevas experimentados pueden mostrarte nuevas cuevas y enseñarte nuevas habilidades.

¡Únete a un grupo! Hay grupos oficiales que son clubes para exploradores de cuevas. Forman parte de la Sociedad Nacional de Espeleología. Hay uno en casi cada estado y provincia. Es una gran manera de conocer exploradores y aprender habilidades para explorar cuevas. ¡Busquen y exploren cuevas juntos!

¡MANTÉN TU CURIOSIDAD!

HAZ MÁS PREGUNTAS

¿Cómo leo el mapa de una cueva?

¿Hay algún grupo de exploradores en mi ciudad?

Prueba con una PREGUNTA GRANDE:

¿Cómo estudiar las cuevas nos ayuda a aprender sobre el pasado?

BUSCA LAS RESPUESTAS

Busca en el catálogo de la biblioteca o en Internet.

Pueden ayudarte tus padres, un bibliotecario o un maestro.

Usar palabras clave

Busca la lupa.

Las palabras clave son las palabras más importantes de tu pregunta.

?

Si quieres saber sobre:

- cómo leer un mapa de cuevas, escribe: SÍMBOLOS DE UN MAPA DE CUEVAS
- grupos de exploradores locales, escribe: GRUPO DE EXPLORADORES DE CUEVAS EN [tu ciudad, estado o provincia]

GLOSARIO

capa básica Una prenda de vestir que se usa debajo de la demás ropa y te mantiene caliente y seco.

caverna Una cueva grande.

espeleólogo Científico que estudia las cuevas o persona que explora cuevas.

grieta Abertura o fisura angosta en una roca.

mineral Sustancia que se forma naturalmente bajo la tierra.

overol de manga larga Una prenda de vestir que se usa sobre otra ropa para protegerla de la tierra y el agua.

público Que lo puede usar cualquier persona.

temperatura La medida de qué tan caliente o frío está algo.

tracción La fuerza que provoca que una cosa en movimiento se pegue contra una superficie.

ÍNDICE

Acerca de la autora

Rachel Grack es editora y escritora de libros para niños desde 1999. Vive en Arizona, un estado donde los espectaculares paisajes ofrecen incontables aventuras todo el año. Montar a caballo es una de sus actividades favoritas al aire libre. Pero el geoescondite podría ser su próxima gran aventura.